© 2019, Editorial LIBSA, S.A.
C/ San Rafael, 4 bis, local 18
28108 Alcobendas (Madrid)
Tel.: (34) 91 657 25 80
Fax: (34) 91 657 25 83
e-mail: libsa@libsa.es
www.libsa.es

Textos: María Mañeru
Edición y maquetación: Equipo editorial LIBSA
Ilustración: Archivo LIBSA, Shutterstock images

ISBN: 978-84-662-3907-3

Queda prohibida, salvo excepción prevista en la ley, cualquier forma de reproducción, distribución, comunicación pública y transformación de esta obra sin contar con autorización de los titulares de propiedad intelectual. La infracción de los derechos mencionados puede ser constitutiva de delito contra la propiedad intelectual (arts. 270 y ss. Código Penal). El Centro Español de Derechos Reprográficos vela por el respeto de los citados derechos.
DL: M 2395-2019

¡Qué inmensidad!

Seguro que muchas veces te has tumbado una noche calurosa sobre la hierba y has mirado el cielo nocturno. Si te has alejado lo suficiente de las luces de la ciudad, habrás podido ver muchas, muchísimas estrellas brillando (solo para ti). Quizá sea uno de los espectáculos más bonitos que existen y también el que llevan contemplando los seres humanos desde siempre.

Tienes que saber que una constelación es un grupo de estrellas que las personas, desde tiempos antiguos, unieron con líneas imaginarias para formar una figura fantástica en el cielo nocturno. Así, llenaron la noche de criaturas mitológicas, pero no lo hicieron solo porque era muy bonito, romántico e imaginativo, sino porque era muy útil: los navegantes las usaban para orientarse y los agricultores para seguir las estaciones y sus cultivos.

EN TOTAL EXISTEN 88 CONSTELACIONES. AQUÍ ENCONTRARÁS UNA SELECCIÓN DE 28, DONDE SE INCLUYEN LAS MÁS IMPORTANTES Y LAS MÁS CURIOSAS.

IMPORTANTE

Para localizar las constelaciones tendrás que moverte por todo el libro, igual que hacen tus ojos cuando miran al cielo, ya que sus posiciones están relacionadas unas con otras. No olvides volver, siempre que lo necesites, al mapa celeste de cada hemisferio.

Lo que vemos

Te presentamos nuestra casa: la Vía Láctea. Este es el nombre de la galaxia en la que vivimos, que tiene una forma espiral, como si fuera un gran remolino, y contiene... unos 200 billones (con b) de estrellas. Entre esas estrellas, a nosotros la que más nos interesa es el Sol, porque es la que nos da luz y calor para vivir.

Nuestro planeta, la Tierra, está a las afueras de la Vía Láctea, así que si observamos el cielo de noche, muchas veces podremos ver una gran nebulosa de estrellas que no es otra cosa más que la Vía Láctea. Para que comprendas lo pequeños que somos en el Universo, piensa que la Vía Láctea solo es una de los millones de galaxias que existen.

VÍA LÁCTEA

Para comprender la situación de las constelaciones, vamos a imaginar que el planeta Tierra fuera una inmensa naranja que queremos partir por la mitad. La marca del cuchillo sería el Ecuador, que divide nuestra naranja en dos: el hemisferio norte (la mitad de arriba) y el hemisferio sur (la mitad de abajo). También hay constelaciones que están justo en la mitad de nuestra naranja y a esas las llamamos constelaciones ecuatoriales.

en el cielo

LA LUNA Y SUS FASES

La Tierra tiene un satélite; es decir, un cuerpo celeste que da vueltas a nuestro alrededor, y que llamamos Luna. Pero desde la Tierra no vemos siempre la Luna igual: a veces está y a veces no está; a veces tiene forma de C y a veces de D; puede estar más grande o más pequeña... ¡Qué misterio! Según se va moviendo la Luna, refleja la luz del Sol de un modo u otro y por eso se ve diferente, son las distintas fases. Y resulta que estas fases se ven al revés en uno y en otro hemisferio:

ASÍ LA VERÁS EN EL HEMISFERIO NORTE

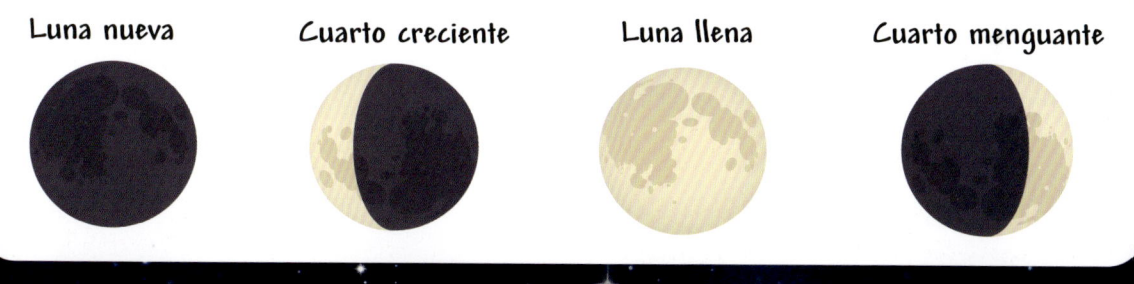

...Y ASÍ DESDE EL HEMISFERIO SUR

LUNA NUEVA: en este momento la cara iluminada de la Luna está en dirección contraria a la Tierra, así que, aunque ella está ahí, no podemos verla.

LUNA LLENA: ya está completamente iluminada y por eso la vemos entera y redonda.

CUARTO CRECIENTE: se va iluminando una parte de la Luna de cara a la Tierra y por tanto, la Luna va creciendo.

CUARTO MENGUANTE: la Luna presenta la otra cara iluminada y se va haciendo más pequeña.

Hemisferio norte
el Cielo boreal

El cielo boreal es el que contemplamos desde la mitad de la Tierra que se sitúa al norte del Ecuador y que también llamamos hemisferio norte. Para que no te pierdas, te hemos puesto en la parte inferior un esquema de las regiones del mundo que abarca y cuándo se suceden las estaciones (en la otra página). Las constelaciones siempre están en el mismo sitio, pero no son visibles desde cualquier parte del mundo, sino que algunas podrás verlas si estás en el hemisferio norte y otras, si estás en el hemisferio sur. Por eso, en este libro encontrarás esta misma división.

¿QUÉ SON LAS CONSTELACIONES CIRCUMPOLARES?

La palabra «circumpolar» significa alrededor del Polo. En el caso del hemisferio norte, son las constelaciones que giran alrededor del Polo Norte. Las que reciben este nombre, son visibles durante todo el año, ya que en su giro alrededor de la estrella polar no se llegan a ocultar en el horizonte. Ya veremos más adelante, cómo el hemisferio sur también tiene sus propias constelaciones circumpolares.

SI VIVES O ESTÁS EN ESTAS REGIONES TENDRÁS MEJOR VISIBILIDAD DE LAS CONSTELACIONES DEL HEMISFERIO NORTE

HEMISFERIO NORTE

1. Norteamérica
2. Centroamérica
3. Norte de Sudamérica
4. El Ártico
5. Europa
6. Asia
7. África septentrional y occidental
8. Norte de Oceanía

ECUADOR

Osa Mayor

¿DÓNDE ESTÁ?

En la mitad norte del hemisferio celeste, muy cerca del Polo Norte.

TAMBIÉN CONOCIDA COMO...

el Carro, Cazo o Gran Cuchara.

¿CUÁNDO LA VEMOS?

Desde el hemisferio norte: es circumpolar, visible durante todo el año. Durante los meses de primavera y verano, la Osa Mayor se encontrará en lo alto, mientras que en los meses de otoño e invierno la vemos en lo bajo del cielo.

Desde el hemisferio sur: no es visible.

NÚMERO PRINCIPAL DE ESTRELLAS ★★★★★★★ 7

La leyenda

El poderoso dios Zeus se enamoró de la ninfa Calisto, que solía cazar en los bosques de Arcadia. Pero el dios Zeus estaba casado con la diosa Hera, que se puso muy celosa y mandó un castigo a la pobre Calisto: convertirla en osa y condenarla a deambular sola el resto de sus días.

Calisto tuvo con Zeus un hijo que se llamaba Arcas y que se convirtió en un excelente cazador, igual que lo fue ella. Una tarde se encontró con un gran oso que era Calisto, su madre, y se dispuso a dispararle. La flecha levantó el vuelo y, cuando estaba a punto de tocar su corazón, apareció Zeus y la paró. Le contó a Arcas cómo su madre había sido transformada para siempre en oso.

Para que su hijo siempre pudiera verla, Zeus lanzó a Calisto hacia el cielo infinito, dibujando en las estrellas a la gran Osa Mayor.

EN BUSCA DE LA ESTRELLA POLAR...

Es el astro más visible desde el hemisferio norte, siendo la estrella más cercana al punto al que se dirige el eje de la Tierra. Su principal utilidad es la de poder localizar el norte y es muy útil para ubicarse. ¡No te pierdas!

¡EN LA ANTÁRTIDA ES EL ÚNICO SITIO DONDE NO SE VE!

LA VERÁS MEJOR... *el 4 de marzo*

¿CÓMO LA LOCALIZO?

1. Aléjate de la ciudad y ve al campo. Esta constelación es una de las que vemos rodear a la estrella polar como efecto del giro del planeta durante una noche sin ocultarse por el horizonte.

2. Mira hacia el cielo en dirección norte y verás pronto una estrella especialmente brillante: es la estrella polar.

3. Traza una línea hacia abajo y encontrarás la primera estrella de la Osa Mayor. Reconstruye la cuchara y el mango desde esa estrella y completarás la figura.

Osa Menor

¿DÓNDE ESTÁ?
En el Polo Norte celeste.

TAMBIÉN CONOCIDA CON...
los mismos nombres que la Osa Mayor porque tiene forma de carro o de cuchara, aunque es más pequeña.

¿CUÁNDO LA VEMOS?

Desde el hemisferio norte: es una constelación circumpolar, que se ve durante todo el año y se sitúa opuesta a la Osa Mayor. Es más fácil de localizar antes del amanecer en invierno y en la primavera, de noche.

Desde el hemisferio sur: no es visible.

NÚMERO PRINCIPAL DE ESTRELLAS
7

La leyenda

Según un viejo cuento inglés, hubo una vez una niña que vivía con su madre enferma. Cuando dejó de llover y el río se secó, la niña, con un cucharón de latón en la mano, se marchó a buscar agua para su mamá a las montañas.

De regreso a su casa, se encontró un perrito muerto de sed y ella, que era muy buena, volcó un poco del agua del cazo en su mano y le dio de beber. Como por arte de magia, el cazo de latón se convirtió en un cazo de plata. La niña siguió y se encontró a un caminante que le pidió agua para beber. Cuando la pequeña se la dio, el cazo de plata se llenó de diamantes. Al llegar a casa, la niña dio de beber a su madre enferma con el agua que quedaba y como había sido tan generosa, ya no quedaba agua para ella, así que dejó el cazo en el suelo del jardín.

Allí donde lo dejó surgió una fuente de agua clara y los diamantes del cazo subieron hasta el cielo y brillaron para siempre mostrando el pequeño cucharón o la Osa Menor.

LA VERÁS MEJOR... el 3 de mayo

ESTRELLA POLAR

¿CÓMO LA LOCALIZO?

1. Sitúate siempre en un lugar en el que no haya luces artificiales, lo mejor es ir al campo. Localiza primero la Osa Mayor.

2. ¿Ya tienes la Osa Mayor en tu campo de mira? Pues ahora traza una línea imaginaria desde la primera estrella del carro hacia arriba hasta encontrar la estrella polar (revisa la constelación de la Osa Mayor).

3. Esa estrella polar es el final del mango de la cuchara de la Osa Menor, así que puedes buscar desde allí el resto de la constelación, que tiene otras dos estrellas en el mango, y cuatro más formando la cuchara, ¿las ves?

¡ES LA HERMANA PEQUEÑA DE LA OSA MAYOR!

¡CONTIENE LA ESTRELLA POLAR!

¿Recuerdas que para buscar la Osa Mayor se buscaba una línea con la estrella polar? Pues la Osa Menor, que está situada por encima de su hermana mayor, contiene entre sus siete estrellas la estrella polar al final del carro, y siempre marca el Polo Norte.

Casiopea

¿DÓNDE ESTÁ?
Cerca del Polo Norte celeste.

TAMBIÉN CONOCIDA COMO...
la «M» o la «W» (por su forma, según se mire del derecho o del revés), y también como la Silla, la Mecedora o el Trono.

La leyenda

La reina Casiopea y el rey Cefeo tenían una hija muy hermosa llamada Andrómeda. Un día, la madre tuvo la osadía de comparar la belleza de su hija con la de las Nereidas, las ninfas del mar. El dios del mar, Poseidón, se enfadó muchísimo y mandó al terrible monstruo Cetus atacar su reino. La única manera de salvarlo era hacer un trato: sacrificar a la hermosa Andrómeda. Así que la princesa fue atada a una roca para que fuese devorada por Cetus. Entonces apareció el héroe Perseo, que combatió con el monstruo y salvó a Andrómeda.

Como castigo, Poseidón puso a la soberbia Casiopea en el cielo, a veces boca arriba («M») y otras boca abajo («W»).

¿CUÁNDO LA VEMOS?

Desde el hemisferio norte: es una constelación circumpolar, así que es visible todo el año. La veremos mejor durante el otoño, con forma de M. En primavera se ve con forma de W.

Desde el hemisferio sur: no es visible.

NÚMERO PRINCIPAL DE ESTRELLAS 5
★ ★ ★ ★ ★

LA REINA EN SU SILLA

Hay quien ha querido ver en el cielo a la reina Casiopea atada a su trono y obligada a quedar a veces cabeza abajo por su vanidad. ¿No os parece una posición poco apropiada para toda una reina?

¡SI SE PONE DE LADO PARECE UN 3!

LA VERÁS MEJOR...
el 7 de octubre

¿CÓMO LA LOCALIZO?

1. Como siempre, busca un lugar oscuro en el campo. Primero tienes que localizar la Osa Mayor y la Osa Menor.

2. Recuerda que la Osa Mayor y la Osa Menor se alinean por la estrella polar. Traza una recta imaginaria desde la estrella polar hacia el lado contrario a la Osa Mayor y encontraremos la primera estrella de la M.

3. Es fácil reconstruir toda la constelación de Casiopea a partir de esa estrella.

Andrómeda

¿DÓNDE ESTÁ?
Muy cerca de la constelación de Casiopea (que, como ya sabéis, era su madre).

TAMBIÉN CONOCIDA COMO...
Solo se la conoce por ese nombre.

NÚMERO PRINCIPAL DE ESTRELLAS
★★★★★★★★★★★★★★★ **15**

La leyenda

Esta es la historia de amor entre Andrómeda y el héroe Perseo. Antes de enfrentarse al monstruo que amenazaba a Andrómeda, Perseo ya se había hecho famoso matando a Medusa, un monstruo con serpientes en lugar de pelo, que convertía en piedra a quien le mirase a los ojos. Después, cuando quiso casarse con Andrómeda, se encontró con que ella ya estaba prometida con un príncipe, así que Perseo tuvo que luchar contra él y contra todo su ejército. Y ganó, claro, porque el amor puede vencer cualquier obstáculo.

Cuentan que, cuando murió Andrómeda, la diosa Atenea la colocó en el cielo, muy cerca de su madre, Casiopea, y de su amado, otra constelación llamada Perseo.

¿CUÁNDO LA VEMOS?
Desde el hemisferio norte: se puede observar todo el año, aunque es más visible en otoño.

Desde el hemisferio sur: se observa en primavera.

¿SABÍAS QUÉ?

En la constelación de Andrómeda hay una galaxia que lleva el mismo nombre. Está situada a la derecha de la constelación, en el centro.

¡LA GALAXIA DE ANDRÓMEDA TIENE UN BILLÓN DE ESTRELLAS (CON B)!

LA VERÁS MEJOR...
el 3 de octubre

¿CÓMO LA LOCALIZO?

1. En primer lugar, retrocede un poco en este libro y busca cómo localizar la constelación de Casiopea.

2. Desde Casiopea, mira hacia abajo teniendo en cuenta que las piernas de Andrómeda se sitúan justo debajo.

3. Reconstruye toda la figura de la mujer y verás con claridad la constelación de Andrómeda. Es posible que entre Casiopea y Andrómeda observes una nebulosa: es la galaxia de Andrómeda y es también preciosa.

Dragón

¿DÓNDE ESTÁ?
Entre la Osa Mayor y la Menor, a la que rodea en cierto modo, muy cerca del Polo Norte.

¿CUÁNDO LA VEMOS?
Desde el hemisferio norte: es circumpolar, puede verse todo el año. Tiene mejor visibilidad a finales de la primavera o comienzos del verano.

Desde el hemisferio sur: no es visible.

TAMBIÉN CONOCIDA COMO…
Draco, que es su nombre latino.

NÚMERO PRINCIPAL DE ESTRELLAS
★★★★★★★ ★★★★★★★ **14**

La leyenda

Cuando el dios Zeus se casó con la diosa Hera, ella le hizo un regalo de boda muy especial: un árbol que daba manzanas de oro plantado en el Jardín de las Hespérides.

Como ya en aquella época existían los ladronzuelos, Hera buscó un vigilante para custodiar las manzanas de oro y no podía ser uno cualquiera, por eso eligió a un dragón llamado Ladón. Nadie se atrevería a robar a semejante dragón, debió de pensar Hera… Pero lo cierto es que el osado Hércules, un héroe que tuvo que pasar 12 pruebas a cual más difícil, sí se atrevió: entró en el Jardín, mató a Ladón y se llevó las manzanas de oro.

Al ver muerto al dragón, Hera quiso premiar su fidelidad, pues había pagado con su vida la promesa que hizo de vigilar las manzanas de oro, así que lo subió al cielo, desde donde el dragón duerme unas veces y otras nos mira.

Cisne

¿DÓNDE ESTÁ?
Atraviesa la Vía Láctea.

TAMBIÉN CONOCIDA COMO...
Pájaro por los griegos, y los árabes se referían a ella como la Gallina. Hoy la conocemos como Cruz del Norte.

¿CUÁNDO LA VEMOS?

Desde el hemisferio norte: se ve muy bien durante el verano.

Desde el hemisferio sur: es visible durante el invierno austral.

La leyenda

El dios Zeus era muy enamoradizo. En un ocasión ocurrió que la reina de Esparta, que se llamaba Leda y por supuesto era muy hermosa, se estaba bañando en el río y cuando Zeus la vio, cayó rendido a sus pies. Pero sabía que si se presentaba con su forma de dios, ella no le haría caso, así que se transformó en un cisne. De este modo, algún tiempo después, Leda tuvo tres hijos de Zeus; los gemelos llamados Cástor y Pólux y Helena, una muchacha de tal hermosura que fue la causante de que los griegos y los troyanos se enfrentaran en la guerra de Troya.

Zeus en su forma de cisne está en el cielo y las nebulosas de la Vía Láctea le hacen parecer más blanco.

NÚMERO PRINCIPAL DE ESTRELLAS  **10**

¡PARECE UN CISNE CON LAS ALAS EXTENDIDAS!

MUCHAS LEYENDAS

El cisne se relaciona con otros mitos, como por ejemplo el de Orfeo, hijo de Apolo y de la musa Calíope, del que dicen que cuando tocaba la lira era capaz de amansar a las fieras y que al morir fue transformado en cisne y elevado al cielo en forma de estrellas.

LA VERÁS MEJOR...
el 1 de agosto

¿CÓMO LA LOCALIZO?

1. Una noche de verano, sitúate en un lugar despejado del hemisferio norte. Revisa la posición de la estrella polar y mira el cielo con atención.

2. Verás un arco blanquecino cruzando el cielo. Quizá lo confundas con unas nubes, pero no: es la Vía Láctea.

3. Busca el lugar en el que la galaxia de la Vía Láctea se divide en dos, porque precisamente ahí es donde se ubica la constelación del Cisne. Busca la forma de cruz o de alas extendidas: ¡ahí la tienes!

Constelación zodiacal

Piscis

¿DÓNDE ESTÁ?
Debajo de Pegaso, (búscala en el mapa celeste completo del hemisferio norte) y muy cerca de Aries.

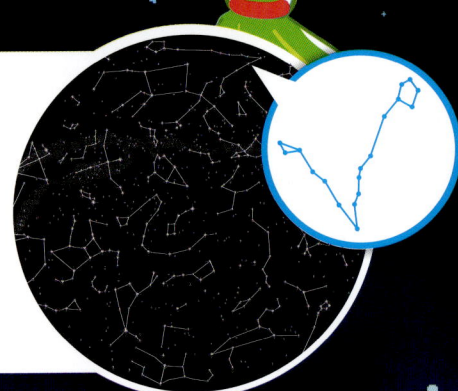

¿CUÁNDO LA VEMOS?

Desde el hemisferio norte: dado que sus estrellas son poco brillantes, es difícil de ver, pero cuando mejor se observa es en otoño.

Desde el hemisferio sur: puede verse en primavera.

TAMBIÉN CONOCIDA COMO...
los Peces.

NÚMERO PRINCIPAL DE ESTRELLAS

La leyenda

En una ocasión, la diosa del amor y la belleza, Afrodita, y su hijo Eros, el querubín con alas que disparaba flechas a los enamorados, se vieron perseguidos por el monstruo Tifón. Y Tifón no era un monstruo cualquiera: era tan alto que de pie alcanzaba el cielo y además tenía la mala costumbre de arrojar fuego y lava por la boca, y al mover las alas generaba huracanes y hasta terremotos a su alrededor.

Afrodita y su hijo decidieron ponerse a salvo. Para ello, se transformaron en peces y se arrojaron al río, pero estaba tan turbio que corrían el riesgo de perderse. Por eso, Afrodita ató una cuerda a su hijo Eros y de este modo nadaron juntos.

Si observas la constelación con atención verás con claridad a esos dos pececitos unidos para siempre...

PISCIS ES TU SIGNO DEL ZODIACO SI NACISTE ENTRE EL 20 DE FEBRERO Y EL 20 DE MARZO.

ENORME, PERO TÍMIDA

Piscis es una constelación muy, muy grande, pero con tan poco brillo, que se aprecia muy mal. La discreta Piscis no tiene ni una sola estrella brillante, así que necesitarás de toda tu imaginación para dibujarla en el cielo nocturno.

REFERENCIA

LA VERÁS MEJOR... el 6 de octubre

¿CÓMO LA LOCALIZO?

1. Revisa cómo encontrar la constelación de Andrómeda. Y cerca de ella, busca dónde situar el cuadrante de Pegaso (mira en el mapa celeste del hemisferio norte).

2. El cuadrante de Pegaso nos sirve para encontrar Piscis, ya que justo debajo se puede ver una «V» de estrellas.

3. En esa «V» encuentra primero los dos peces, uno a cada lado, y luego sigue el cordel (referencia) por el que están unidos.

Constelación zodiacal

Aries

¿DÓNDE ESTÁ?
Fuera de la Vía Láctea, situada en paralelo con la constelación de Andrómeda.

TAMBIÉN CONOCIDA COMO…
el Carnero.

¿CUÁNDO LA VEMOS?
Desde el hemisferio norte: puede observarse durante el otoño.

Desde el hemisferio sur: es visible durante la primavera.

NÚMERO PRINCIPAL DE ESTRELLAS
★ ★ ★ ★ 4

La leyenda

El rey Atamante tenía dos hijos: Frixo y Hele, pero a su segunda esposa no le gustaban los niños y convenció al rey de que debía sacrificarlos ante el dios Zeus, que a cambio le daría años de buenas cosechas a su pueblo.

Los niños fueron colocados para el sacrificio, cuando de pronto el dios Hermes envió un carnero mágico con la piel de oro, que recogió a los pequeños y se los llevó sobre su lomo. Durante el viaje sobre el carnero, Hele se cayó al mar (en un lugar que, en su honor, se llama Helesponto), pero Frixo se salvó, llegó a orillas del mar Negro y allí sacrificó el carnero al dios Zeus como agradecimiento.

Suponemos que el carnero, al morir, subió a los cielos y allí permanece cada noche.

ARIES ES TU SIGNO DEL ZODIACO SI NACISTE ENTRE EL 21 DE MARZO Y EL 20 DE ABRIL.

ES LA PRIMERA CONSTELACIÓN ZODIACAL

Cuando el Sol entraba en esta constelación empezaban a alargarse los días y a acortarse las noches; por eso se le considera el primer lugar ocupado por el Sol. Es el origen de las coordenadas.

LA VERÁS MEJOR... *el 31 de octubre*

¿CÓMO LA LOCALIZO?

1. Revisa cómo localizar Andrómeda. ¿Ya la tienes? Pues ahora mira debajo y busca un pequeño triángulo de estrellas: es la constelación Triángulo.

2. Debajo de Triángulo y en paralelo con Andrómeda, encontrarás Aries.

3. Busca las estrellas conforme las ves en el dibujo y reconstruye toda la constelación; ¿verdad que es preciosa?

Constelación zodiacal

Tauro

¿DÓNDE ESTÁ?
Entre Aries y Géminis.

¿CUÁNDO LA VEMOS?
Desde el hemisferio norte: de otoño a primavera.

Desde el hemisferio sur: no es visible.

TAMBIÉN CONOCIDA COMO...
el Toro.

NÚMERO PRINCIPAL DE ESTRELLAS
★★★★★★★★★
★★★★★
13

La leyenda

Esta es la historia de Ío, una muchacha bellísima de la que Zeus cayó perdidamente enamorado... Pero esta vez fue sorprendido por su esposa Hera y, para evitar sus celos, Zeus transformó a la pobre Ío en una ternera blanca.

La astuta Hera no se dejó engañar y le pidió a su esposo que le regalara aquella ternera. Hera puso nada menos que a un gigante de cien ojos para vigilarla, pero Zeus envió a Hermes, que tocaba la flauta tan bien, que durmió al gigante y se llevó a Ío. Enfurecida, Hera mandó a un tábano a picar sin cesar a aquella pobre ternera que, huyendo, recorrió el mundo entero.

¿Será esa ternera y no un toro lo que brilla en el cielo nocturno?

UN OJO MUY BRILLANTE

La estrella principal de Tauro es Aldebarán: se trata de una gigante roja que se sitúa justo en lo que sería imaginariamente el ojo del toro dentro de su constelación. Un ojo tan brillante que da un poco de miedo.

TAURO ES TU SIGNO DEL ZODIACO SI NACISTE ENTRE EL 21 DE ABRIL Y EL 20 DE MAYO.

¿CÓMO LA LOCALIZO?

1. Primero revisa la situación de la constelación de Aries y cuando la tengas localizada, buscaremos Tauro.

2. Desde la parte trasera del carnero, traza una línea recta imaginaria hacia abajo hasta dar con una estrella muy, muy brillante: es Aldebarán.

3. Aldebarán es el ojo del toro. Reconstruye la cabeza entera y los cuernos desde ese punto.

LA VERÁS MEJOR... el 24 de noviembre

Constelación zodiacal

Géminis

¿DÓNDE ESTÁ?
Entre Tauro y Cáncer y por encima de Orión.

¿CUÁNDO LA VEMOS?
Desde el hemisferio norte: visible en otoño e invierno.

Desde el hemisferio sur: se puede ver en verano.

TAMBIÉN CONOCIDA COMO…
los Gemelos.

NÚMERO PRINCIPAL DE ESTRELLAS

17

La leyenda

¿Recordáis la constelación del Cisne? La reina Leda de Esparta tuvo unos hijos gemelos cuyo padre era el dios Zeus, transformado en cisne. Los gemelos se llamaban Cástor y Pólux, el primero famoso por ser un gran jinete y el segundo, porque era un experto boxeador.

Estos dos hermanos vivieron grandes aventuras junto a Jasón, en busca del vellocino de oro (una piel dorada) y en varias ocasiones salvaron a toda la tripulación de su barco de morir ahogados.

Por encima de su valentía, estos dos hermanos siempre permanecieron unidos y para que así siguieran durante toda la eternidad, su padre Zeus los colocó juntos en el cielo nocturno.

GÉMINIS ES TU SIGNO DEL ZODIACO SI NACISTE ENTRE EL 21 DE MAYO Y EL 21 DE JUNIO.

PÓLUX

CÁSTOR

BRILLANTES CABEZAS

Las dos estrellas principales y más brillantes de la constelación de Géminis se llaman precisamente como sus protagonistas: Cástor y Pólux, y mirando la constelación entera, son las que forman las cabezas de esos hermanos gemelos.

LA VERÁS MEJOR...
el 8 de enero

¿CÓMO LA LOCALIZO?

1. Primero revisa cómo localizar la Osa Mayor. Cuando la tengas, pasa al punto 2.

2. Traza una diagonal desde la Osa Mayor y desplázate un poco hacia abajo en busca de dos estrellas muy brillantes: ahí tienes a Cástor y Pólux.

3. Estas dos estrellas son las cabezas de los gemelos; ya no te resultará difícil visualizar el resto de la constelación.

Constelación zodiacal

Cáncer

¿DÓNDE ESTÁ?
Entre las constelaciones de Géminis y Leo.

TAMBIÉN CONOCIDA COMO...
el Cangrejo.

¿CUÁNDO LA VEMOS?

Desde el hemisferio norte: es difícil verla, porque sus estrellas son poco brillantes, pero se puede observar todo el año, aunque es más fácil desde finales de otoño hasta primavera.

Desde el hemisferio sur: solo se ve durante el verano y el otoño.

La leyenda

Aquí tenemos otro relato de Hércules y sus famosos 12 trabajos. En esta ocasión tuvo que ir a matar a la Hidra de Lerna, que era un monstruo bastante terrorífico: con forma de serpiente, pero con muchas cabezas que le volvían a crecer si se las cortaban y que despedían un aliento venenoso.

El héroe Hércules era uno de los hijos de Zeus y por eso su esposa, Hera, que no era su madre, le tenía manía. Así que cuando Hércules fue a matar a la Hidra, Hera le mandó un cangrejo que le pellizcara los pies y le molestase. No sirvió de mucho, ya que Hércules mató al cangrejo de un pisotón y a la Hidra después.

Pero Hera, que siempre premiaba a quienes la servían con lealtad, puso al cangrejo para siempre en el firmamento.

NÚMERO PRINCIPAL DE ESTRELLAS
★★★★★ **5**

¿POR QUÉ LA LLAMAN CANGREJO SI PARECE UNA «Y»?

Resulta curioso que cuando el Sol pasa por esta zona celeste, da la impresión de que cambia de dirección, lo que recuerda al movimiento de los cangrejos, que, como sabéis, son famosos por caminar hacia atrás.

CÁNCER ES TU SIGNO DEL ZODIACO SI NACISTE ENTRE EL 22 DE JUNIO Y EL 22 DE JULIO.

LA VERÁS MEJOR...
el 3 de febrero

¿CÓMO LA LOCALIZO?

1. Para empezar, debes saber que es difícil de ver y que se requiere un poco de imaginación.

2. Primero localiza la constelación de Géminis. Desde ahí, mira hacia arriba.

3. Si te esfuerzas mucho, terminarás viendo la «Y» y con el poder de tu creatividad hasta podrás distinguir las pinzas que pellizcaron a Hércules.

Constelación zodiacal

Leo

¿DÓNDE ESTÁ?
Entre Cáncer y Virgo, muy cerca de algunas constelaciones ecuatoriales.

TAMBIÉN CONOCIDA COMO...
el León y la Hoz.

¿CUÁNDO LA VEMOS?
Desde el hemisferio norte: es visible de invierno a primavera.

Desde el hemisferio sur: es visible entre otoño y verano, pero al revés.

La leyenda

De nuevo el héroe Hércules tiene que ver con el nombre de una constelación. Se trata del primero de los 12 trabajos de Hércules.

Tuvo que ir a enfrentarse con una bestia que aterrorizaba a los habitantes de Nemea: un león sanguinario con la piel tan gruesa, que no se podía atravesar con armas. Hércules lo intentó con flechas y con una espada, pero no sirvieron, así que usó el arma más poderosa: el ingenio. Dejó atrapado al león en su madriguera y allí lo estranguló ¡con sus propios brazos! (por algo era un héroe). Luego, usando las fuertes garras del león muerto, se llevó su piel, con la que se hizo una armadura.

Y para que nadie olvidara el valor y la terrible lucha de su hijo Hércules, Zeus colocó al león en el cielo con estrellas muy brillantes.

NÚMERO PRINCIPAL DE ESTRELLAS: 14

¿POR QUÉ LA LLAMARON LA HOZ?

Si te fijas atentamente, las estrellas que componen imaginariamente la cabeza y la melena del león tienen la forma de un signo de interrogación. Es ahí donde algunos pueblos antiguos, como los sumerios, vieron una hoz en lugar de un león.

LEO ES TU SIGNO DEL ZODIACO SI NACISTE ENTRE EL 23 DE JULIO Y EL 23 DE AGOSTO.

REGULUS

LA VERÁS MEJOR... el 3 de marzo

¿CÓMO LA LOCALIZO?

1. Primero localiza la Osa Mayor y fíjate en la estrella del extremo izquierdo del cucharón.

2. Desde esa estrella, traza una línea imaginaria hacia arriba en diagonal hacia la derecha hasta encontrarte con una estrella muy brillante: es Regulus.

3. Regulus es la estrella del final de la hoz o la cabeza del león. Ahora reconstruye con tu imaginación el resto de la constelación… ¿Lo oyes rugir?

Virgo

Constelación zodiacal y ecuatorial

¿DÓNDE ESTÁ?

Es una constelación ecuatorial, ya que se sitúa justo encima del Ecuador celeste y por tanto es visible casi desde cualquier punto del mundo.

TAMBIÉN CONOCIDA COMO...

la Virgen o la Doncella.

¿CUÁNDO LA VEMOS?

Desde el hemisferio norte: el mejor momento para verla es en primavera.

Desde el hemisferio sur: puede verse bien durante el otoño.

NÚMERO PRINCIPAL DE ESTRELLAS

11

La leyenda

Deméter, la diosa griega protectora de la agricultura, tenía una hija que se llamaba Perséfone. Era una muchacha muy hermosa y la gran alegría de su madre, pero un día, Hades, el dios de los infiernos, la vio y se enamoró perdidamente de ella, así que subió a la superficie de la Tierra y capturó a la pobre muchacha, llevándosela al oscuro inframundo, donde se casó con ella.

Deméter, desesperada, buscó a su hija por todas partes, pero no la encontró y su tristeza arruinó las cosechas. Viendo el mal que el dolor de Deméter hacía a los hombres, Hades permitió a su esposa Perséfone salir de los infiernos a ver a su madre solo durante la primavera y así, la alegría de Deméter por ver a su hija volvía verdes los campos y producía buenas cosechas.

Quizá esa también era la razón para explicar por qué la constelación se ve mucho mejor durante la primavera.

LA DONCELLA, ¿POR QUÉ?

A Perséfone los griegos también la llamaban «Kore», que significa «doncella», en el sentido de mujer muy joven. Por eso su mitología se relaciona con esta constelación zodiacal. En Roma a Perséfone la llamaron Proserpina.

LA VERÁS MEJOR...
el 18 de abril

¿CÓMO LA LOCALIZO?

1. En primer lugar, recuerda cómo localizar la Osa Mayor y una vez hecho, traza una curva desde el mango del cucharón hacia arriba hasta dar con una estrella muy brillante.

2. Esa estrella es Arcturus, a la que se llama familiarmente «el guardián de la osa» y está en la constelación del Boyero. Mira el mapa completo del hemisferio para localizarla.

3. Si desde Arcturus continúas con la misma curva hacia arriba, encontrarás otra estrella muy brillante, que es Spica (la Espiga) y que está en el cuadrilátero central de Virgo, en la parte inferior a la derecha.

VIRGO ES TU SIGNO DEL ZODIACO SI NACISTE ENTRE EL 24 DE AGOSTO Y EL 23 DE SEPTIEMBRE.

Hemisferio sur
el Cielo austral

El cielo austral es el que se puede observar, con sus estrellas y constelaciones, desde el hemisferio sur. Es increíble, pero hasta el siglo XIX, todos los estudios astronómicos se centraban en la observación del cielo desde el hemisferio norte, un grave error, porque desde este lado el cielo no solo es igual de bonito (o más), sino que presenta figuras únicas que no podemos ver desde el otro hemisferio.

SOLO DESDE EL HEMISFERIO SUR

También en este hemisferio existen constelaciones circumpolares, solo que en vez de situarse en el Polo Norte, están en el Polo Sur. La más famosa de ellas es la Cruz del Sur. Además hay algunas constelaciones más próximas al Ecuador celeste que sí pueden verse en el hemisferio norte, si bien se aprecian mucho mejor desde el sur. Por otra parte, la estrella más cercana al Sol, Proxima Centauri, también se encuentra en el hemisferio sur (aunque solo se puede ver con un telescopio).

SI VIVES O ESTÁS EN ESTAS REGIONES TENDRÁS MEJOR VISIBILIDAD DE LAS CONSTELACIONES DEL HEMISFERIO SUR

HEMISFERIO SUR

ECUADOR

1. Sudamérica
2. África Meridional
3. Australia y sur de Oceanía

Constelación ecuatorial

Orión

¿DÓNDE ESTÁ?
Es una constelación ecuatorial, visible desde cualquier lugar del mundo.

TAMBIÉN CONOCIDA COMO...
el Cazador.

¿CUÁNDO LA VEMOS?
Desde el hemisferio sur: se observa muy bien en verano.

Desde el hemisferio norte: puede verse durante toda la noche en invierno.

NÚMERO PRINCIPAL DE ESTRELLAS
★★★★★★★★★ ★★★★★   **14**

La leyenda

En la leyenda de Escorpio vas a descubrir la historia más famosa de Orión, pero este gigante cuenta con muchas otras aventuras mitológicas...

Por ejemplo, en una ocasión viajó a la isla de Quíos, donde atacó a la princesa Mérope. Naturalmente, su padre, el rey, se enfadó mucho, así que, como castigo, dejó ciego a Orión, que se presentó ante Hefesto, el dios del fuego, para que le curase. Sin embargo, Hefesto no tenía tanto poder y le recomendó que se presentase ante Helios, el dios del Sol. Para que llegase sano y salvo, le guió su criado, Cedalión, al que Orión llevaba a hombros. Helios devolvió la vista a Orión, que se convirtió en un experto cazador.

Cada noche, nos mira desde el cielo mientras caza estrellas.

LAS TRES ESTRELLAS QUE FORMAN EL CINTURÓN DE ORIÓN TAMBIÉN SE LLAMAN LAS TRES MARÍAS O LOS TRES REYES MAGOS.

TODO UN ESCENARIO

En el cielo, la imaginación de los hombres antiguos quiso ver al cazador Orión dentro de un perfecto decorado: va seguido de dos perros (que serían Can Mayor y Can Menor) y tiene cerca la constelación de la Liebre, a quien quizá persigue para darle caza.

CINTURÓN DE ORIÓN

LA VERÁS MEJOR...
el 15 de diciembre

¿CÓMO LA LOCALIZO?

1. Primero revisa cómo encontrar la constelación de Tauro. Localízala y piensa que Orión está muy cerca: es un cazador enfrentándose al toro.

2. Encima del toro, comienza la constelación de Orión y podrás ver el brazo levantado.

3. Desde ahí, ve buscando el cuerpo, el famoso cinturón, las piernas y el otro brazo con su escudo.

Cruz del Sur

¿DÓNDE ESTÁ?
Está ubicada en la mitad norte del hemisferio celeste, muy cerca del Polo Sur.

TAMBIÉN CONOCIDA COMO...
Crux o Crux Australis.

NÚMERO PRINCIPAL DE ESTRELLAS
★ ★ ★ ★

¿CUÁNDO LA VEMOS?
Desde el hemisferio sur: es circumpolar, visible durante todo el año y observada desde gran parte de este hemisferio no se oculta en ningún momento.

Desde el hemisferio norte: prácticamente no es visible. Solo puede verse al norte del Ecuador.

La leyenda

Hace muchísimos años, un grupo de cazadores iba tras el rastro de un gran avestruz. Esa tarde acababa de llover y entre las nubes había salido el sol, que se iba poniendo lentamente. Los hombres lo fueron cercando, pero el avestruz se escapó y enfiló hacia el sur, donde el sol había pintado un hermoso arcoíris.

Korkoronke, el más valiente de los cazadores, se acercó a él y este, sabiéndose acorralado, apoyó una de sus patas sobre el arcoíris y empezó a trepar por ese camino de colores huyendo para siempre.

Nadie creyó la fantástica huida del avestruz por el camino del arcoíris pero, cuando cayó la noche, el cielo les dio la razón porque vieron brillar varias nuevas estrellas.

Dice la leyenda que una de las huellas del avestruz quedó para siempre grabada en el cielo, dibujada con cuatro estrellas.

UNA BRÚJULA EN EL CIELO

Esta constelación atravesada por la Vía Láctea es muy fácil de localizar y ha sido usada a través de la historia como punto de referencia por los viajeros para orientarse hacia la dirección sur. Además, representa a algunos de los países del hemisferio sur, y por eso aparece dibujada en la bandera de Australia, Nueva Zelanda, Papúa Nueva Guinea y Samoa. En la bandera de Brasil también se adivina en la parte central.

¡ES LA CONSTELACIÓN MÁS PEQUEÑA DE LAS 88 QUE EXISTEN!

LA VERÁS MEJOR... el 30 de marzo

¿CÓMO LA LOCALIZO?

1. Debes buscar un lugar al aire libre y oscuro, lejos de la ciudad, ubicado en algún sitio del hemisferio sur. Levanta la mirada hacia el cielo y mira simplemente hacia el sur. Pronto encontrarás un grupo de cuatro estrellas que parecen algo así como una cometa.

2. Si unes las estrellas de dos en dos formas la cruz y si alargas imaginariamente el mástil más largo hacia la Tierra, sabrás siempre dónde está el sur y por tanto, los otros puntos cardinales... ¡Nunca te perderás!

3. ¡Muy importante! No confundas la Cruz del Sur con otra constelación llamada Falsa Cruz, que está más abajo.

Can Mayor

¿DÓNDE ESTÁ?
Muy cerca del Ecuador celeste, por debajo de Orión.

TAMBIÉN CONOCIDA COMO...
Canis Maior, su nombre en latín.

¿CUÁNDO LA VEMOS?
Desde el hemisferio sur: se puede ver en otoño y verano.

Desde el hemisferio norte: es visible durante invierno y primavera.

La leyenda

Ya conoces a Orión, el cazador al que siguen fielmente dos perros, representados por Can Menor y Can Mayor, así que ahora vamos a ver otra tradición relacionada con la figura del perro: la del dios Anubis egipcio.

Anubis era un dios con cabeza de chacal (perro salvaje) que en la antigua religión egipcia era el encargado de embalsamar a los muertos. Después, se los llevaba al juicio de Osiris, en el que pesaba el corazón del difunto en una balanza. En un platillo colocaba el corazón y en el otro, la pluma de la verdad. En ese juicio se decidía si el muerto merecía ir al más allá con Osiris, o si debía ser devorado por un monstruo con cabeza de cocodrilo y cuerpo de hipopótamo y león.

Quizá el dios Anubis quedó para siempre en el cielo porque su estrella más brillante, Sirio, cuando salía por la mañana, marcaba la crecida del río Nilo, el alma de Egipto.

NÚMERO PRINCIPAL DE ESTRELLAS

14

UNA SUPERESTRELLA: SIRIO

Can Mayor tiene entre sus estrellas a una muy especial: Sirio. Está colocada en el pecho del perro y es la estrella más brillante de todo el firmamento, destacando su luminosidad incluso por encima de la Luna y planetas como Marte. Sirio significa «abrasador» porque brilla como un gran fuego.

¡TIENE HASTA 147 ESTRELLAS!

SIRIO

LA VERÁS MEJOR... el 3 de enero

¿CÓMO LA LOCALIZO?

1. Revisa la constelación ecuatorial de Orión. Una vez que la tengas, localiza el famoso cinturón de la misma.

2. Traza una recta diagonal imaginaria desde la última estrella del cinturón de Orión hacia abajo y busca una estrella muy brillante en ese camino: es Sirio.

3. Sirio es el pecho del perro, así que reconstruye a partir de ahí toda la constelación: cabeza, cuerpo y patas. Es preciosa, ¡solo le falta ladrar!

41

Centauro

¿DÓNDE ESTÁ?
Al norte de la Vía Láctea, rodeando a la Cruz del Sur.

TAMBIÉN CONOCIDA COMO...
Centaurus, su nombre en latín.

¿CUÁNDO LA VEMOS?
Desde el hemisferio sur: se observa prácticamente todo el año.

Desde el hemisferio norte: se puede ver solo durante mayo y junio.

La leyenda

Los centauros eran seres con torso humano, pero cuerpo y patas traseras de caballo. Solían ser violentos, pero el centauro Quirón era sabio y bondadoso y vivía en una cueva, dedicado a estudiar medicina y artes.

Un día llegó hasta su cueva el héroe Hércules, que venía de matar a la Hidra y, sin querer, hirió a Quirón con la punta de su lanza, que aún estaba manchada con la sangre venenosa de la Hidra. De este modo, el pobre centauro quedó condenado a sufrir dolor debido a esa herida durante toda la eternidad. Hércules se sintió culpable y rogó a Zeus que ayudara al centauro y le librara de su sufrimiento.

Zeus envió a Quirón al cielo en forma de estrellas, donde nos ilumina con su sabiduría, pero ya no sufre.

NÚMERO PRINCIPAL DE ESTRELLAS

24

CON CASI 300 ESTRELLAS, ES UNA DE LAS CONSTELACIONES MÁS HERMOSAS.

AMIGA DEL SOL

En la constelación de Centauro se encuentra Proxima Centauri, que es la estrella más cercana al Sol. Cerca, cerca tampoco está… hay un paseíto de 4,22 años luz desde una estrella a la otra, pero para ellas eso no es nada.

LA VERÁS MEJOR…
el 7 de abril

¿CÓMO LA LOCALIZO?

1. Recuerda cómo localizar la Cruz del Sur.

2. Desde la Cruz del Sur, ten en cuenta que las patas traseras del Centauro rodean esa constelación.

3. Ya puedes trazar imaginariamente toda la constelación de Centauro: el cuerpo y los brazos. Los antiguos incluso imaginaban al Centauro armado con una lanza…

La Paloma

¿DÓNDE ESTÁ?
Es una constelación pequeña colocada junto a Can Mayor.

¿CUÁNDO LA VEMOS?
Desde el hemisferio sur: visible durante todo el año.

Desde el hemisferio norte: se ve durante el invierno.

TAMBIÉN CONOCIDA COMO...
Columba, por su nombre en latín.

NÚMERO PRINCIPAL DE ESTRELLAS
★★★★★★★ 7

La leyenda

Esta constelación se descubrió en el siglo XVI, de manera que no tiene una mitología asociada; sin embargo, te vamos a contar una historia de la religión cristiana:

Noé soltó una paloma desde su arca tras el diluvio universal. Este animalito regresó con una rama de olivo en el pico para indicar que había encontrado tierra seca, convirtiéndose en mensajera y anuncio de esperanza y alegría. La paloma que regresa indicando que el diluvio ha terminado parece querer decir: «Dios ya está en paz con los hombres» y ese significado es el que ha hecho de la paloma blanca con una rama de olivo en el pico el símbolo mundial de la paz.

Esa paloma que lleva la paz está sobre nuestras cabezas, brillando en el firmamento.

DE LAS MÁS MODERNAS

Casi todas las constelaciones fueron observadas desde tiempos muy antiguos por las primeras civilizaciones, pero la Paloma no: fue descubierta y nombrada por Petrus Plancius en el año 1592.

¡NUESTRA PALOMA MENSAJERA EN EL CIELO!

LA VERÁS MEJOR...
el 19 de diciembre

¿CÓMO LA LOCALIZO?

1. Mira hacia atrás en el libro y busca primero cómo localizar Can Mayor.

2. Mira hacia el sur del Can Mayor, un poco por encima. Una de las patas del perro está muy cerca del comienzo de la constelación de la Paloma, donde se extiende una de las alas.

3. Reconstruye imaginariamente toda la constelación: las dos alas extendidas a cada lado y el cuello y cabeza. ¡Es espectacular verla volar en el cielo!

El Lobo

¿DÓNDE ESTÁ?
Casi pegada a Centauro y al lado de Escorpio.

TAMBIÉN CONOCIDA COMO...
Lupus, que es su nombre latino.

¿CUÁNDO LA VEMOS?
Desde el hemisferio sur: todo el año.

Desde el hemisferio norte: solo se puede ver una parte a comienzos del verano.

NÚMERO PRINCIPAL DE ESTRELLAS
11

La leyenda

Licaón era el rey de Arcadia. Cuentan las leyendas que tuvo hasta 50 hijos y que había llevado su devoción religiosa hasta tal extremo, que levantó un altar en la cima de una montaña para hacer sacrificios humanos allí. De este modo, a los extranjeros que llegaban, los mandaba matar y hasta los servía cocinados en grandes banquetes.

Cuando Zeus se enteró de esto, se presentó en la Arcadia haciéndose pasar por un peregrino, pero Licaón sospechó que en realidad era un dios y en lugar de intentar matarlo, sacrificó a otro hombre e invitó a Zeus a cenar esa carne humana. Naturalmente, Zeus se enfureció y para castigar a Licaón lo convirtió en un lobo.

Quizá ese animal hecho de estrellas fue el primer hombre lobo del que supo la humanidad.

¿SABÍAS QUE EXISTE UN ANIMAL CON EL MISMO NOMBRE?

El «Lycaon pictus» es un perro salvaje africano similar a una hiena que lleva en su nombre al cruel rey de Arcadia. Pero no por ser demasiado malo, sino porque su nombre significa «lobo pintado», en referencia a las manchas que tiene en la piel.

OTROS MITOS RELACIONAN AL LOBO CON EL CENTAURO, QUE SUPUESTAMENTE LLEVABA ESTE ANIMAL EN LA LANZA...

LA VERÁS MEJOR...
el 11 de mayo

¿CÓMO LA LOCALIZO?

1. Primero busca cómo localizar la constelación de Centauro y visualiza el brazo imaginario de su figura.

2. Desde el brazo, dirige tu mirada hacia el sur y verás que, casi pegada a Centauro, comienza la constelación del Lobo.

3. Reconstruye la constelación entera uniendo imaginariamente las estrellas.

La Liebre

¿DÓNDE ESTÁ?
Al sur de la constelación ecuatorial Orión.

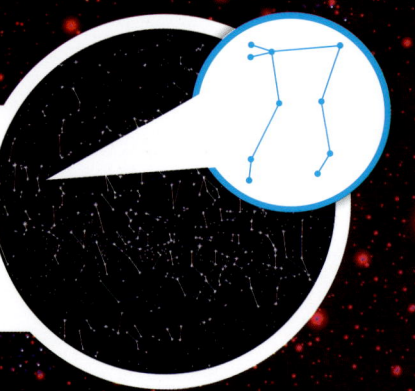

¿CUÁNDO LA VEMOS?
Desde el hemisferio sur y el hemisferio norte: por estar próxima al Ecuador, es visible desde cualquier lugar de la Tierra (salvo latitudes muy al norte) desde noviembre hasta abril.

TAMBIÉN CONOCIDA COMO...
Lepus, que es su nombre en latín.

NÚMERO PRINCIPAL DE ESTRELLAS

La leyenda

Cuentan que Hermes, el mensajero de los dioses con alas en las sandalias, quería que el cielo reflejase una de sus características más destacadas: la velocidad, la rapidez, la escurridiza habilidad que él tenía para llegar de un sitio a otro y cumplir los mandatos de los dioses.

La liebre, que es uno de los animales más rápidos y ágiles, representaba a Hermes como ningún otro y por eso, Hermes la subió al cielo. Y no la dejó en un lugar cualquiera, sino que la puso junto al cazador Orión, para quien la liebre era su presa favorita. De este modo, la liebre cruza el cielo cada noche dando saltos y esquivando a su perseguidor y a sus fieles perros, Can Mayor y Can Menor.

Confiamos en que no le darán caza y la pequeña liebre seguirá brillando en las noches oscuras.

REFERENCIA

CON IMAGINACIÓN

Los egipcios nunca vieron una liebre en la forma de esta constelación, sino que distinguían la barca de Osiris. Cada año, se llevaba la estatua del dios del inframundo en barca por el Nilo hasta su tumba.

EL DESPLAZAMIENTO APARENTE DE LA BÓVEDA CELESTE DA LA IMPRESIÓN DE QUE LA LIEBRE SE MUEVE.

LA VERÁS MEJOR...
el 15 de diciembre

¿CÓMO LA LOCALIZO?

1. Recuerda cómo localizar Orión, que es la constelación que está más cerca de ella.

2. Desde los pies de Orión, un poco más al sur, pero muy cerca, comienza la constelación de la Liebre. En uno de los pies, verás las dos orejitas del animal.

3. También puedes encontrarla buscando por encima de Can Mayor o al norte de la Paloma.

Acuario

Constelación zodiacal y ecuatorial

¿DÓNDE ESTÁ?

Se puede considerar una constelación ecuatorial que se encuentra entre Pegaso y el Pez Austral. Localízalas en el mapa completo del hemisferio sur.

TAMBIÉN CONOCIDA COMO...

el Ánfora y el Aguador.

¿CUÁNDO LA VEMOS?

Desde el hemisferio sur: se ve todo el año, es circumpolar.

Desde el hemisferio norte: se observa durante el otoño, sobre todo en los meses de septiembre y octubre.

La leyenda

Cuenta el mito griego que Ganímedes era el muchacho más guapo del mundo. El más hermoso de entre todos los mortales.

Tanta era su belleza, que el dios Zeus se encaprichó con él. Y también como era su costumbre, puso en práctica una pequeña trampa para conseguir acercarse a él: se transformó en un águila para poder llevarse a Ganímedes del monte Ida, donde el muchacho solía vigilar el rebaño de su padre. Zeus llevó a Ganímedes al Olimpo de los dioses, donde le concedió la gracia de ser inmortal y le dio un trabajo: ser el copero de los dioses; es decir, el que servía la bebida con un ánfora.

Para honrarlo, además, subió su imagen al cielo en forma de estrellas en la constelación de Acuario, que representa al joven Ganímedes vertiendo líquido desde un ánfora.

NÚMERO PRINCIPAL DE ESTRELLAS

19

TAMBIÉN UN DIOS BABILONIO

Los babilonios creían ver en Acuario al dios Ea, que hacía brotar el agua de la Tierra para favorecer la agricultura. Se suponía que vivía en un mundo acuático subterráneo de donde brotaban las fuentes o surgían los acuíferos.

ACUARIO ES TU SIGNO DEL ZODIACO SI NACISTE ENTRE EL 20 DE ENERO Y EL 19 DE FEBRERO.

REFERENCIA

LA VERÁS MEJOR...
el 30 de agosto

¿CÓMO LA LOCALIZO?

1. Primero busca cómo localizar Capricornio (más adelante).

2. Fíjate en la esquina más al norte del triángulo de Capricornio y sube en diagonal hasta encontrar una estrella de Acuario, que se situaría más o menos en la mitad de la figura del aguador (mira la referencia).

3. Desde esa estrella, puedes reconstruir la constelación entera, aunque no es de las más fáciles de ver.

Libra

Constelación zodiacal

¿DÓNDE ESTÁ?
Bajo el Lobo y Escorpio.

TAMBIÉN CONOCIDA COMO...
la Balanza.

¿CUÁNDO LA VEMOS?
Desde el hemisferio sur: desde cualquier punto y todo el año.

Desde el hemisferio norte: se ve durante el verano.

La leyenda

Parece que en la Antigüedad observaron que el Sol pasaba por Libra durante el equinoccio; es decir, el momento del año en el que tanto los días como las noches duran lo mismo. Esta igualdad la relacionaron con el equilibrio de la balanza y a su vez con la diosa de la Justicia, Astrea.

Cuentan que esta diosa vivía entre los hombres, que la respetaban y aceptaban siempre sus decisiones, pues ella solo buscaba la paz y la concordia. Sin embargo, llegó un momento en el que los hombres empezaron a luchar y ya no escuchaban a la pobre Astrea. Al ver que se terminaba la justicia entre ellos, la diosa decidió marcharse.

Subió al cielo, donde aún puede verse su balanza de la justicia brillar en las noches oscuras.

NÚMERO PRINCIPAL DE ESTRELLAS
★★★★★★★★ 8

¡CON FORMAS DE COSAS!

Aunque la mayor parte de las constelaciones representan a personas o animales, Libra muestra un objeto: una balanza que es todo un símbolo, el equilibrio en el universo entre lo bueno y lo malo, que es precisamente el concepto de justicia.

REFERENCIA

LIBRA ES TU SIGNO DEL ZODIACO SI NACISTE ENTRE EL 24 DE SEPTIEMBRE Y EL 22 DE OCTUBRE.

LA VERÁS MEJOR... el 11 de mayo

¿CÓMO LA LOCALIZO?

1. Revisa cómo encontrar la constelación del Lobo.

2. Sitúate visualmente justo debajo del Lobo, pero hacia el sur, y podrás distinguir uno de los platos de la balanza. Reconstruye la constelación entera a partir de él.

3. Cuando aprendas a buscar la constelación de Escorpio, también puedes encontrar Libra justo debajo de ella.

Constelación zodiacal
Escorpio

¿DÓNDE ESTÁ?
Pasando el Ecuador de la Vía Láctea, entre Sagitario y Libra.

TAMBIÉN CONOCIDA COMO...
el Escorpión.

¿CUÁNDO LA VEMOS?
Desde el hemisferio sur: visible durante el otoño, el invierno y la primavera austral.

Desde el hemisferio norte: está en el límite de su horizonte, por lo que es parcialmente visible de abril a septiembre.

NÚMERO PRINCIPAL DE ESTRELLAS
★★★★★★★★ 13
★★★★★

La leyenda

Orión era uno de los hijos del dios del mar, Poseidón. Era un gigante que cuando caminaba por el mar, le sobresalía la cabeza del agua y sobre todo, era un gran cazador. Lo malo es que también era un poquito soberbio. De hecho, era tan presuntuoso, que un día desafió a la misma Artemisa, la diosa de la caza, diciendo con mucho orgullo: «Soy el más grande cazador y ningún animal es rival para mí».

Artemisa, que no soportaba tanta impertinencia, le envió un escorpión. Y un animal tan pequeño, pero tan venenoso, acabó con Orión con una sola picadura.

Zeus se apiadó del cazador y lo subió al cielo, pero Artemisa subió también al escorpión, que forma su propia constelación.

UNIDA A LIBRA

En tiempos antiguos, la constelación de Libra se consideraba parte de Escorpio, de manera que creían ver las pinzas en lugar de la balanza. Fueron los romanos los que separaron ambas constelaciones tal y como las vemos hoy.

LA VERÁS MEJOR...
el 7 de junio

¿CÓMO LA LOCALIZO?

1. Revisa cómo encontrar las constelaciones de Sagitario y Libra.

2. Justo en medio de estas dos vas a poder ver Escorpio. Ten en cuenta que la cola del escorpión está junto a Sagitario y las pinzas, junto a Libra.

3. Es probablemente una de las constelaciones más fáciles de imaginar, ya que la forma se asemeja mucho a la del animal del que lleva el nombre.

ESCORPIO ES TU SIGNO DEL ZODIACO SI NACISTE ENTRE EL 23 DE OCTUBRE Y EL 22 DE NOVIEMBRE.

Constelación zodiacal

Sagitario

¿DÓNDE ESTÁ?
Por debajo del Ecuador, muy cerca de Capricornio.

TAMBIÉN CONOCIDA COMO...
el Arquero por la forma que representa.

¿CUÁNDO LA VEMOS?
Desde el hemisferio sur: se ve todo el año.

Desde el hemisferio norte: se ve durante el verano y el otoño.

NÚMERO PRINCIPAL DE ESTRELLAS

17

La leyenda

Sagitario se relaciona con Quirón, de quien ya hemos hablado en la constelación de Centauro, contando su triste muerte. Sin embargo, podemos contar cosas más alegres de esta extraordinaria criatura. El dios Apolo tuvo un hijo con una mujer mortal, al que llamó Asclepio y cuya educación fue confiada al centauro Quirón, famoso por su sabiduría. Quirón le enseñó a distinguir las propiedades de las hierbas curativas y Asclepio se convirtió en un médico tan bueno, que llegó a devolver la vida a los muertos. Entonces Zeus vio que eso desequilibraba el orden natural y lo llevó a los cielos convirtiéndolo en un semidiós.

Por esa razón, Asclepio era el dios protector de los médicos. Y todo gracias a un centauro que brilla en el firmamento.

Y TÚ, ¿QUÉ FORMA VES EN EL CIELO?

En la constelación de Sagitario hay quien no ve un arquero, sino un elemento tan de cuento como… ¡una tetera! Y es que según unamos las estrellas imaginariamente, en realidad podemos llenar el cielo de imaginativos dibujos.

SAGITARIO ES TU SIGNO DEL ZODIACO SI NACISTE ENTRE EL 23 DE NOVIEMBRE Y EL 21 DE DICIEMBRE.

NUNKI

LA VERÁS MEJOR…

¿CÓMO LA LOCALIZO?

1. Localiza el triángulo de la constelación zodiacal de Capricornio (la veremos a continuación).

2. Justo bajo el lado más corto del triángulo vas a encontrar una de las estrellas más brillantes de Sagitario: Nunki, que forma parte del brazo del arquero.

3. A partir de ahí puedes reconstruir la constelación entera: hacia la derecha y abajo, el arco; hacia la izquierda, el cuerpo del centauro.

Constelación zodiacal

Capricornio

¿DÓNDE ESTÁ?
Entre Sagitario y Acuario.

TAMBIÉN CONOCIDA COMO...
la Cabra o por su nombre en latín, Capricornus.

¿CUÁNDO LA VEMOS?
Desde el hemisferio sur: todo el año.

Desde el hemisferio norte: es visible entre julio y noviembre.

La leyenda

La figura de la cabra se relaciona desde la Antigüedad con el dios Pan: se trataba de un ser con la mitad del cuerpo humano y la otra mitad de cabra. Sus piernas eran dos patas peludas, fuertes y con pezuñas, pero el torso era humano. La cabeza no tenía el rostro de un Adonis, sino que era arrugado y salvaje, y con dos hermosos cuernos curvados en la frente.

Pan vivía en el bosque, en una cueva cercana al río y protegía a los pastores. Además, le encantaban las fiestas y solo una cosa le enfurecía de verdad: que le despertasen durante la siesta. En esas ocasiones era temible: tened en cuenta que la palabra «pánico» viene de Pan.

Así que tened cuidado, fijaos bien en el cielo y si os da la impresión de que Pan podría estar durmiendo, observadlo en silencio y de puntillas.

NÚMERO PRINCIPAL DE ESTRELLAS
16

CONSTELACIÓN-CALENDARIO

Asociada siempre al momento en el que el Sol está más alejado del Ecuador, la constelación de Capricornio marcaba en la Antigüedad el inicio del verano o el del invierno, según en qué hemisferio estuviera.

CAPRICORNIO ES TU SIGNO DEL ZODIACO SI NACISTE ENTRE EL 22 DE DICIEMBRE Y EL 19 DE ENERO.

LA VERÁS MEJOR... el 7 de agosto

¿CÓMO LA LOCALIZO?

1. Vas a tener que localizar primero Acuario y Sagitario.

2. Coloca tu mirada entre ambas y podrás distinguir las estrellas que forman un gran triángulo.

3. Sabemos que imaginar en ese triángulo una cabra no es sencillo... Pero seguro que tú puedes hacerlo.

CONTENIDO

¡QUÉ INMENSIDAD! 3
LO QUE VEMOS EN EL CIELO 4

HEMISFERIO NORTE, EL CIELO BOREAL, 6

OSA MAYOR 8
OSA MENOR 10
CASIOPEA 12
ANDRÓMEDA 14
DRAGÓN 16
CISNE 18
PISCIS 20
ARIES 22
TAURO 24
GÉMINIS 26
CÁNCER 28
LEO 30
VIRGO 32

HEMISFERIO SUR, EL CIELO AUSTRAL, 34

ORIÓN 36
CRUZ DEL SUR 38
CAN MAYOR 40
CENTAURO 42
LA PALOMA 44
EL LOBO 46
LA LIEBRE 48
ACUARIO 50
LIBRA 52
ESCORPIO 54
SAGITARIO 56
CAPRICORNIO 58